I0822262

Prinsessan av Bandalore

Andra intressanta böcker, utgivna av Aleph Bokförlag:

E.T.A. Hoffmann: *Falu gruva* — E.T.A. Hoffmann: *Två fantasistycken* — *Studier i svart* (artikelantologi) — Bram Stoker och ”A–e”: *Mörkrets makter* — *Fantasins urskogar* (artikelantologi) — Aurora Ljungstedt: *Mord och andeväsen* — *På slaget tretton: berättelser efter midnatt* (antologi) — *Nattens paradis: svenska sällsamheter* (antologi) — *Skuggor vid aftonlampan: 30 nattstycken* (antologi) — H.P. Lovecraft: *Sökandet efter det drömda Kadath* — William Hope Hodgson: *Rösten i mörkret* — *Syner i natten: ett skräckgalleri* (antologi) — *Berättelser i svart* (antologi) — *Likkistförsäljaren* (antologi) — J. Sheridan Le Fanu: *Grönt te* — m.fl.

Besök

www.alephbok.com

Klassisk och nyskriven fantastik

Frans Oskar
WÅGMAN

PRINSESSAN AV BANDALORE

Med illustrationer av
Sidney Paget m.fl.

ALEPH
Bokförlag

Frans Oskar Wågman: ”Sherlock Holmes i vardagslivet” och ”Prinsessan av Bandalore” kommer från novellsamlingen av Wågman, *Sherlock Holmes i nytt ljus* (Wahlström & Widstrand 1908). Texterna är moderniserade samt korrigerade. Ett kort, ovidkommande stycke har strukits i inledningen av ”Prinsessan av Bandalore” för att ge en naturlig övergång mellan de båda texterna.

Bilden på titelsidan föreställer en del av interiören i The Sherlock Holmes Museum på Baker Street, London. Illustrationerna till novellerna är ett lämpligt urval av Sidney Pagets (1880-1945) klassiska Sherlock Holmes-illustrationer, med två undantag. Den på sid. 35 är målningen ”En orientalisk skönhet” av Luis Ricardo Falero (1851-96). Den på sid. 50 är en anonym gravyr publicerad i Ch. Ball: *The History of the Indian Mutiny* (1858).

Omslaget har gjorts av
Nicolas Krizan

 Inlagan är formgiven av Rickard Berghorn. Andra, inbundna upplagan. Tryckt och distribuerad av Ingram Content Group LLC i La Vergne, TN, USA 2020.

ISBN 978-91-87619-27-4

Innehåll

Några ord om Frans Oskar Wågman

Frans Oskar Wågmans parodier och pastischer på Sherlock Holmes, publicerade i två volymer för över 100 år sedan, är erkända klassiker bland svenska deckarvänner. Frank Heller, Mattias Boström, Per Olaisen, K. Arne Blom och Jean Bolinder har alla lovordat Sherlock Holmes i Wågmans humoristiska tappning. Böckerna är eftersökta på antikvariat och kostar flera tusen kronor att anskaffa. *Sherlock Holmes i ny belysning* utgavs 1908 och *Nya Sherlock Holmes-historier* 1910.

Det hör till saken att satiren och parodin i dessa noveller är högst aktuell idag; Wågman driver regelbundet med Holmes kvinnoförakt och etniska fördomar. *Prinsessan av Bandalore* är speciellt talande i detta avseende – här visar sig den kvinnliga listen vara överlägsen Holmes skarpsinne och hans manschauvinistiska utgjutelser får sig en rejäl släng av sleven. Detta är också en av Wågmans noveller där Holmes drar absurt långtgående slutsatser utifrån pur etnicitet, vilka i samtliga fall visar sig vara uppåt väggarna. Wågmans noveller är själva inte helt renons på etniska stereotyper, men det är förstås också för mycket begärt av en författare född 1849 att vara *fullständigt* modern i detta avseende. Wågman älskade novellerna och romanerna om Sherlock Holmes, men han hade också ett för sin tid ovanligt skarpt öga för bristerna och fördomarna, som ofta speglas i Holmes karaktär. Så varför inte låta mästerdetektivens fiender utnyttja just detta…?

Det är något av en gåta att dessa böcker knappt har blivit omtryckta sedan de först publicerades 1908 respektive 1910, uppskattningen från deckarkännare till trots. I *All världens detektivhistorier* (1945) lät Frank Heller publicera *Sherlock Holmes i vardags-*

Peter Cushing (1914-94) som Sherlock Holmes. Promotion-bild för The Hound of the Baskervilles (1959).

livet, som inleder och "programförklarar" Wågmans serie noveller. Enda gången berättelserna återutgavs i mer ambitiös form var på 70-talet i form av ett mycket begränsat urval på 146 sidor, *Sherlock Holmes' andra sida* (Lindqvist 1976). Ett utdrag ur den boken utgavs sedan under samma titel 1994 i form av en 35-sidig "julhälsning" från Celsiusbokhandeln i Uppsala. Per Olaisen publicerade samma novell som Frank Heller i tidskriften CDM nr 1/1993. Wågmans första samling med Holmes-noveller, *Sherlock Holmes i nytt ljus*, finns sedan några år att ladda hem online från *Litteraturbanken*, dock med tämligen ogenomtränglig gammalstavning och interpunktion.

Var det en ren copyrightfråga som hindrade spridandet av Wågmans klassiker? Bernkonventionen, som Sverige ingick 1904, hade fortfarande svag ställning i landet när dessa noveller originalpublicerades, men varje förlag som under resten av 1900-talet ville publicera dem kunde riskera att behöva skaffa tillstånd och betala extra för användningen av sir Doyles karaktärer.

Frans Oskar Wågman föddes som son till en skräddare i Linköping 1849, tog sin teologiska examen i Uppsala och prästvigdes 1873. Han verkade därefter som kapellpredikant i Blåviks församling, komminister i Vreta klosters församling och kyrkoherde i Asby pastorat i Östergötland, gift två gånger och fick två barn. Med början 1890 publicerade han ett par läroböcker, en turistbok och en bok om trädgårdsskötsel, men som skönlitterär författare (alltid under pseudonymen Sture Stig) debuterade han sent. Han var nästan 60 år när *Sherlock Holmes i nytt ljus* (Wahlström & Widstrand 1908) kom ut med omslag av Albert Engström, uppskattad av både läsare och kritiker. Hans nästa bok blev därför uppföljningen *Nya Sherlock Holmes-historier* (1910). Hans övriga romaner, ingen av dem deckare, hans psalmer, teologiska artiklar och nykterhetstraktat publicerades huvudsakligen postumt. Han dog 1913 i Uppsala.

Förutom Holmes-böckerna är Wågman ihågkommen för sina översättningar och bearbetningar av psalmer, samt hans arbete med att revidera den dåtida psalmboken.

– Rickard Berghorn

KÄLLOR & VIDARE LÄSNING

- Boström, Mattias: *Sherlock Holmes-parodins mästare Sture Stig.* Text och videoklipp på <www.sherlockholmes.se/2011/12/10>. Läst 2018-10-21.
- *Nationalencyklopedin* <www.ne.se>. Läst 2018-10-21.
- Olaisen, Per: *Svenska samlingar med kriminalnoveller.* Artikel i DAST-Magazine nr 3/1996. ISSN 0345-2255
- *Oskar Wågman* och *Mer fakta om Wågman.* Presentationer på hemsidan för Hedners Park och Asby prästgård <www.hednerspark.se>. Läst 2018-10-21.
- *Svenskt författarlexikon 1900-1940* (Rabén & Sjögren 1942).

Sherlock Holmes i vardagslivet

Under min senaste vistelse i England gjorde jag flera intressanta bekantskaper, ingen dock så rik på intresse som bekantskapen med doktor Watson.

Vilken bildad människa känner inte hans namn? Skolpojken i tredje klassen, som aldrig hört talas om Karl den store och som kanske tror att Goethe var en kopparslagare, vet vem doktor Watson är. Och likväl är denne ingen av de stora fixstjärnorna som med sitt ljus upplyser en hel värld, han är bara en liten planet vilken styr sin bana omkring och hämtar sitt ljus från en högtstrålande sol: Sherlock Holmes, den världsbekante Sherlock Holmes, detektivernas Napoleon, det analytiska resonemangets Aristoteles, alla sensationslystnas förtjusning, skolpojkarnas ideal, brottslingarnas på en gång skräck och beundran. Homeros sjöng de trojanska hjältarnas lov, Thiers vann sin ära som Napoleons historieskrivare – Watson är Sherlock Holmes Homeros och Thiers, det är hans storhet.

Döm om min hänförelse när jag fann doktorn som gäst på ett lantställe, dit jag inbjudits att tillbringa några dagar! Naturligtvis sökte jag att bringa till stånd ett samtal med honom om hans ryktbare vän och mästare, men länge förgäves. Han var som en välbefästad borg. Först andra dagens eftermiddag fick jag honom att kapitulera. Jag smög mig på honom där han satt ensam i en berså, i vars enda utgång jag placerade mig, och så sade jag: – Nu, doktor, måste ni berätta mig något om er vän Sherlock Holmes.

– Om Holmes? – upprepade han så likgiltigt, som om det namnet tillhört hans skoputsare.

”Om Holmes?” upprepade han så likgiltigt som om namnet tillhört hans skoputsare.

– Ja, om den man vars snille och gagnande liv ni så levande skildrat i era böcker.

– Nog kunde vi språka om något trevligare en så vacker sommardag som denna.

– Kan något vara angenämare än att tala om en vän och stor man? – frågade jag nästan förtretad, och tillade: Näst att leva tillsamman med honom.

– Bo ni själv tillsamman med Holmes i tre runda år, som jag gjort, och säg sedan om ni finner det angenämt! – Jag blev helt bestört över den upphetsade ton med vilken doktorn uttalade orden.

– Hur, doktor? Fann ni inte den bekanta bostaden n:r 221 B Baker Street idealisk?

– Jag skall anförtro er en sak, sir. Man har undrat att jag gifte mig hals över huvud – se min bok *De fyras tecken* – utan att äga en styver och utan praktik, men ser ni, sir, jag gjorde det endast för att komma från Baker Street.

Hela mitt ansikte bildade ett stort frågetecken. Jag behövde dock inte öppna munnen för att få svar. Doktorns tunga liknade dessa väldiga maskinhjul, vilka är så svåra att sätta i gång men sedan knappt kan stannas.

– Ni undrar hur det var där vid Baker Street – fortfor han. – Jag skall säga er det med ett ord: smutsigt. Jag skall inte tala om fläckarna på mattor, möbler och tapeter, resultaten av Holmes evinnerliga experiment med syror och vätskor, jag nämner bara visiterna av hans frivilliga detektivkår av londonska gatpojkar, vilka två à tre gånger i veckan levererade oss prov på alla de olika sorter av gatsmuts som kan uppsökas i vårt med detta ämne så rikt välsignade huvudstad.

– Naturligtvis tämligen obehagligt – medgav jag.

– Det fanns dock sådant som var värre. Jag konstaterar att jag aldrig fick någon ro. Vid de ständiga besöken av klienter skulle jag sitta inne som vittne och historiograf, och allt emellanåt måste jag med på nattliga spaningar. Detta kunde jag emellertid fördragit, men Holmes gnisslande på fiolen, ibland nätterna igenom – nej sir, inga nerver i världen står ut därmed. När det pågick jagade det sömnen på flykten, och när det slutat hörde man det både vakande och sovande hela veckor.

– Jag har läst i era böcker, att mr Holmes sätt att traktera sitt instrument var litet egendomligt – ansåg jag mig böra säga.

– Egendomligt, sir? Säg infernaliskt. En natt filade han i fyra timmar på två toner, långsamt, likbjudaraktigt, alltid på samma två toner. Hade jag inte tagit kloral hade jag säkert blivit galen. Men ändå var denna prövning ringa mot en annan. Ni känner av böckerna Holmes otroliga förmåga att omskapa sitt yttre, sitt ansikte, sin gång, sin röst, hela sitt väsende, och detta inte blott med hjälp av en skådespelares attiralj utan även genom sin blotta mimiska förmåga. På ett ögonblick blev han mitt för ens syn en helt annan person. Men det var inte alls upplivande att till exempel sätta sig ned vid middagsbordet med sin vän Holmes till vis-à-vis, och så, efter det man två sekunder ägnat sin uppmärksamhet åt fårsteken, befinna sig sitta mitt emot en bredmynt, halvidiotisk droskkusk eller en bra nog påstruken pråmskeppare. Sådant ger varken aptit eller riktig middagstrevnad. Om han förvandlat sig till en fin dam, en vacker aktris eller bara en snygg huspiga, skulle jag inte sagt något, men det gjorde han aldrig; sina typer hämtade han alltid ur samhällets ruskigare lager. Det var inte heller angenämare att, när man njöt sin aftonpipa vid ett nummer av *The Lancet*, se en prisboxare träda in och ställa till gräl, eller vakna ur sin ljuvaste midnattssömn vid ett plötsligt ljussken och ha stående framför sin säng en irländsk sjåare med rött hår, ena ögat blåslaget och det andra täckt av en bindel. Naturligtvis var det vanligen Holmes, men säker kunde man inte alltid vara. Man visste aldrig om det var han eller någon annan, det var det obehagliga. Vanligen var det han, men inte alltid. En eftermiddag satt jag ensam halvslöande vid en grogg, då en schackerjude kom insmygande, tyst som en katt. Vid min åsyn stannade han förlägen vid dörren, men förargad över Holmes upptåg utbrast jag: – Nej, Holmes, den här gången kuggar ni mig inte; jag känner igen er, trots er förklädnad. – Holmes var tydligen slagen av min avsnäsning, gick in i rummet bredvid, kom ut efter en kort stund och avlägsnade sig sedan utan att säga farväl. Besitta, *den* gången var det inte Holmes, utan en gynnare från gatan, vilken till minne av besöket tog med sig ett guldur, ett skrivställ av nickel – han trodde förstås att det var silver – samt en knippa dyrkar ur Holmes rika samling. Vi fick aldrig fatt i karlen.

Doktorn gjorde äntligen en paus, den jag ansåg mig skyldig att fylla ut.

– Onekligen medför allt detta obehag, men, doktor, ni har erhållit ersättning genom förmånen att få vara vittne till och deltagare i er väns världsbekanta stordåd.

Doktorn blåste ut ett rökmoln med föraktfull energi. – Tycker ni? Sitt då, sir, i två, tre timmar nedhukad på hälarna bakom en lår i ett kolsvart råtthål till källarvalv väntande på banditer, vilka inte skulle göra sig mer samvete av att sända er ett halvt dussin revolverkulor genom kroppen än av att döda en mygga. Säg sedan om ni inte betackar er för både äran och nöjet. Likväl fanns häri något uppiggande, men experimenten, sir, experimenten hemma vid Baker Street! Till exempel det, då Holmes analyserade alla sorters cigarraska. På fem dagars tid rökte vi båda 400 cigarrer; anar ni den mänskliga organismens tillstånd efter ett dylikt dårhusföretag? Rummen var så fulla av rök att när vi öppnade fönstren, hela moln slog ut; de förbigående anade en eldsvåda och alarmerade brandkåren, och först sedan denna dränkt såväl oss som våra mödosamt samlade askprov i en flod av vatten, uppdagades misstaget.

– Nå, detta var då det värsta jag hört – interfolierade jag.

– Det värsta! – utropade doktorn. – Visst inte! Giftexperimenten var värre; under dem gick man i kronisk dödsångest. Vem svarade för att Holmes inte spillt några korn stryknin på manschetten och sedan tappade dem i maten, eller att man inte fick sig en dosis haschish i tobaken, emedan Holmes ville studera dess verkan på en mänsklig varelse – som varje stor vetenskapsman hyser han inga skrupler av någon slag när det gäller att göra vetenskapliga landvinningar. En dag ställde han till en trevlig historia. Vi bodde då över sommaren i en liten villa som vi hyrt nere vid kusten. Min vän visade mig en samling av små, väl korkade glastuber: – Se här, Watson, har jag medel i händerna att förgifta hela London och

Sussex samt Kent därjämte. – Han tog upp en liten glastub och höll den mot dagern. – Detta är ”Zum-Zum”, världens starkaste gift, nästan osynligt och finare än det finaste stoft. Ett tiondels milligram därav, insupet i er näsa eller mun, Watson, gör er på två minuter lika stel som Nelsonstatyn, och ingen läkare i England skulle förmå rädda ert liv. – Och han log, log förnöjt, medan jag ryste. Men det finns en Nemesis; även hans löje skulle försvinna.

Om eftermiddagen satt jag sysslolös vid fönstret och stirrade ut över ängsmarken, som sakta sluttade mot havet. Jag hörde min vän syssla i sitt rum och därpå gå ut genom verandadörren, och snart såg jag honom skrida över ängen. Men hans gång ägde ingenting av en vanlig människas gång, än mindre av hans egen raska och självmedvetna. Han skred fram som en begravningsentreprenör i sin hustrus likprocession, som en indiansk spejare i närheten av fiendens läger, som en giktsjuk på ett golv bestrött med spiknubbar. Jag förvånades, men snart växte förvåningen till häpnad. Uppe på en liten kal berghäll stannade Holmes och – ursäkta, sir, att min skildring måste bli litet intim! – drog av sig sina onämnbara, inte som ni och jag om kvällarna med några manligt kraftiga ryck utan så varligt och sakta som om de varit hans eget skinn, varefter han drog eld på ett par tändstickor, satte eld på plaggen och underhöll elden noga med papper och torr mossa. Tänk er den syn jag såg: min vän uppe på berghällen i hatt och kavaj men utan pantalonger, hans vita plagg lätt fladdrande för vinden och den mystiska elden belysande hans besynnerliga gestalt! Tydligen var han galen. Jag rusade ut och ville närma mig honom, men han drog upp ur fickan sin revolver, riktade den emot mig och skrek: – På avstånd, Watson, hundra alnars avstånd, eller jag skjuter dig! – Tonen i hans röst sade mig att han ämnade hålla ord. När sista lämningen av byxorna förtärts, begav sig Holmes fram till huset, alltjämt hållande mig på avstånd med revolvern, varpå han började ett arbete som rotfäste min övertygelse att hans hjärna blivit rubbad. Han gick till varje öppet fönster och satte eld på gardinerna, kastade brinnande papper på det sommartorra papptaket, gjorde upp små bål i verandan och vid husets alla knutar. Inom tio minuter stod byggnaden i full låga,

Giftexperimenten var värst.

inom en halvtimme var den ett flammande eldhav, och när folket från den glest bebodda nejden samlades för att släcka eldsvådan, hade det framför sig endast en rykande och glimmande askhög.

Nu först stoppade Holmes revolvern i fickan och vinkade mig till sig. – Begriper ni det här, Watson? Naturligtvis inte. Så hör på! Under mina experiment med "Zum-Zum" råkade jag tappa tuben med giftet, den gick i kras mot mitt byxben och golvet, och bådadera bemängdes med det farliga ämnet, som endast elden kan tillintetgöra. Vad jag gjort, har jag gjort för att hindra giftets spridning och därav orsakad olycka. Det blir mig en dyr affär: 1000 pund för villan och 22 shilling för byxorna, men – hans ansikte fick härvid en förklarad glans – jag känner Zum-Zums alla egenskaper i grund och botten, och ingen i hela världen gör det mer än jag. – Holmes är egoist; ni har kanske märkt det, sir? Sina byxor tog han med i räkningen, men hela min sommartoalett som brunnit upp, ägnade han inte en tanke. Holmes är en stor egoist.

Så långt hade doktorn hunnit i sina skildringar, då till min stora missräkning herrgårdens damer anlände och avbröt de intressanta meddelandena, och jag lyckades inte på hela aftonen få doktorn på tu man hand och i berättarlynne. Men jag är optimist och hoppades på morgondagen.

Mitt hopp kom inte på skam. Vid frukosten inbjöds både jag och doktorn att delta i en stor kaninjakt ute på heden. Sedan min bevängstid har jag knappast vidrört ett gevär, men då jag såg att doktorn skulle vara med, förklarade jag mig glad att anta anbudet. Jag hade *mitt* villebråd att jaga.

Snart var den brunbrända heden översållad med röda och gröna fläckar – jägarnas kostymer – hundarna gav skall, och skotten smattrade som en hagelskur mot ett plåttak. Med tillfredsställelse märkte jag att doktorns jaktpassion var föga större än min, och efter en timme slog han sig till ro på en sten för att tända sin pipa. Jag hade hela tiden hållit mig i hans närhet och nu tog jag plats vid hans sida.

– Ni är inte mordlysten, doktor – började jag.

– Nej – det – är – jag – inte – svarade han, interfolierande varje ord med kraftiga sugningar ur sin täppta pipa.

– Inte underligt – inledde jag mitt anfall. – Den som varit med att jaga världens farligaste förbrytare måste ringakta villebrådet idag.

– Jag avskyr kaninkött – sade doktorn torrt.

Mitt första anfall var sålunda avslaget, jag måste försöka en kringgående rörelse.

– De skjuter bra, de där – jag pekade på jägarna. – De bommar inte.

– De skjuter bra – genmälde doktorn kärvt.

– De liknar er vän, Sherlock Holmes. Honom undgick aldrig hans villebråd.

– Gjorde det inte? – Doktorn var livligare. Jo, det gjorde det visst.

– Men i böckerna – –

– Böckerna – avbröt doktorn så föraktfullt, som om han för dem hyst kalifen Omars känslor – böckerna! Inte talar man i dem om allt vad man vet. Med det mesta tiger man om det inte passar i stycket; framför allt gör en biograf det. Hur många av Englands historieskrivare har nämnt att Rikard Lejonhjärta var rädd för råttor? Vilken målare har porträtterat drottning Elisabet med svarta tänder, fastän hennes verkligen var svarta?

– Ni väcker min häpnad, sir – sade jag. – Att den officiella polisen alltid går på villospår, det har jag lärt av era böcker, men att den stora Sherlock Holmes kunde irra sig och bedragas, det är ofattligt, otroligt.

– Är det? Nåväl, sir, har jag sagt A får jag väl också säga B och ge skäl för mitt yttrande.

Och doktorn berättade, medan solen gassade på våra ryggar och bösskotten knallade allt längre och längre bort ute på heden.

Prinsessan av Bandalore

En dag mottog jag från Sherlock Holmes följande biljett: "Napoleon hade alltid sin historieskrivare hos sig; han hette Bourrienne. Ni är min Bourrienne. Gör er ledig och besök mig. Stora ting stundar. Sh. H."

Jag gjorde mig ledig; min praktik lade aldrig hinder i vägen därför – allmänheten anser att den som skriver bra böcker, måste skriva dåliga recept – och min hustru hade rest att gästa bekanta – vi hade varit gifta i två år, och hon gästade numera mycket ofta sina bekanta.

Ett par timmar senare satt jag alltså på min vanliga plats i Holmes mottagningsrum, slött läsande i en tidning, med min vän mitt emot mig. Ni känner situationen av mina böcker, den är alltid densamma. Holmes gned sällsamma toner ur sin fiol, men avbröt plötsligen sitt spel: – Watson, vad slags penna begagnar ni när ni skriver?

Jag såg upp förvånad – inför Sherlock Holmes är förvåning mitt permanenta tillstånd.

– Naturligtvis stålpenna – svarade jag.

– Naturligtvis. Men skaffa er nu en penna av guld. Man begagnade en sådan vid undertecknandet av frederna i Prag och Frankfurt, och ni skall skriva en betydelsefullare handling än dessa tvetydiga traktater. Jag håller på att vinna en seger jämförlig med Nelsons vid Trafalgar. Min handlingskraft och mitt skarpsinne står på sin höjdpunkt.

Hela min person bildade ett levande frågetecken. Holmes log.

– Ni vet ingenting, världen vet ingenting, de sex miljoner krälande varelser, dem vi kallar London, vet ingenting. Jag ensam vet och handlar, ordnar mina arméer till en jättekamp. Jag för dem osedda genom dunkla hålvägar, tills de oemotståndligt bryter fram och krossar fienden i atomer. Vad stort sker, sker tyst. Men om åtta dagar skall England, skall Europa häpna. Hör på, doktor, ni känner ju Moriarty?

– Professorn? Javisst.

– Ni vet att han är Jordens största skurk, ett missfoster, ett mänsklighetens plågoris; i sin hand håller han trådarna till varje ogärning som under de senaste åren utförts inte blott i England, utan även på kontinenten. De där nöten vid Scotland Yard vet det, men vågar inte peka åt honom med ett finger; han skrattar åt dem. Det finns blott en enda man, den han fruktar, det är mig, Sherlock Holmes. Endast åt en enda levande människa har naturen gett större gåvor än åt Moriarty. Han har ett snilles hjärna, en lords nobless, han disponerar oerhörda rikedomar, alla länder vimlar av hans agenter. Han hade kunnat bli en Newton eller en Chamberlain, men han älskar brottet för brottets skull. Därför skall han dingla i galgen, och den som för honom dit, är jag.

Min vän gjorde en paus, varefter han fortsatte :

– Han och jag utkämpar en strid på liv och död, om få dagar står det avgörande slaget. Han är en fisk kring vilken jag dragit mitt nät; orolig simmar han omkring för att finna en utgång, men stöter alltjämt huvudet mot garnet. I kassaskåpet därinne i mitt sovrum har jag papper som är snaran kring hans hals. Watson, förstår ni nu varför ni måste skriva med guldpenna?

Jag förstod, men hade ingenting att svara; jag endast kände min ringhet inför denne store man; han var Napoleon, jag bara Bourrienne. Något svar behövdes inte heller, min vän väntade det inte. Jag var endast bergväggen, mot vilken han ropade för att höra ekot av sina ord återkastas till hans öron. Holmes förde fiolen till hakan, och med den fulltoniga klangen av en hel orkester lät han ur strängarna ljuda ”Napoleons marsch över Alperna” lik en triumfsång.

Mitt under musiken öppnades dörren och en besökande trädde in. Hans yttre angav gentlemannen, till och med en man ur *high life*. Misslynt över att bli störd, kastade min vän en hastig blick på

Professor Moriarty.

den inträdande, och jag tyckte mig höra en falsk ton, ett a i stället för ett ass, skära in i harmonien. Kanhända var det ett misstag, ty Holmes fortsatte obekymrat sitt spel tills han slutat reprisen.

– Ah, ni spelar "Napoleons marsch över Alperna", mr Holmes, och det med verklig aplomb[1] – sade den främmande gentlemannen. – Min tro är, att Napoleon aldrig brukade den marschen uppe i alppassen; han var en snillrik man som visste att Alperna har förrädiska bråddjup och klyftor, och att man inte bör spela segermusik innan slaget är vunnet.

Min vän log i det han lade bort fiolen. – Napoleon spelade marschen när han kommit på Alpernas sista sluttning och visste att han hade Italien i sina händer. Men tillåt mig presentera: Min vän doktor Watson – professor Moriarty.

Jag nästan tumlade tillbaka. Moriarty här! Boaormen i lejonets kula! Professorn låtsade emellertid inte märka min häpnad.

– Vem känner inte mr Holmes berömde historieskrivare? – sade han artigt, varefter han vände sig till min vän: – Jag kommer överraskande men inte olägligt, vill jag hoppas?

Hans sätt var intagande förbindligt. Till min glädje kan jag konstatera att min vän inte gav honom efter härutinnan.

– För all del, professor, inga ursäkter! Ni kommer inte alls olägligt. Jag kan säga att jag till halvt väntat ett besök av er endera dagen. Var god och sitt!

Han sköt fram en stol, gästen kastade en hastig blick omkring sig, varefter han satte sig. – Jag är ensam och herrarna är två, men jag har ingen orsak att inte anta mr Holmes vänliga anbud. Ni behöver inte titta åt bordslådan, där ni har er revolver, doktor. Jag är alldeles obeväpnad; mr Holmes vet det.

Min vän nickade bifallande. Som vanligt var min lott att sitta förvånad. Professorn vände sig till mig:

– Ser ni, doktor, mr Holmes har sina goda skäl att inte ännu låta det komma till någon våldsam sammanstötning oss emellan. Han är ännu inte färdig med alla sina arrangemang, han vet att ett slag nu blir ett slag i luften. Er vän är en av de klokaste människor som finns. Men vad han kanske inte vet är, att om jag inte fri och lös

---

1 Skicklighet.

står på Baker Street trettiofem minuter härefter, så kommer n:r 221 B vid nämnda gata, det vill säga just detta hus, att omedelbart med en knall springa i luften, och det vill mr Holmes undvika; om inte för sin egen persons skull – ty han är en modig man – så för vissa papper, dem han förvarar i sitt kassaskåp i sovrummet.

Jag har upplevt afgankrigets fasor, men jag bleknade likväl inför utsikten att sitta rätt över en fördold mina. Emellertid lugnade mig professorn välvilligt.

– Ingen omedelbar fara, doktor! Katastrofen inträder endast under vissa förutsättningar. Det hela inskränker sig för övrigt till några kilo dynamit, nedgrävda i husets grundvalar, och en fin elektrisk ledningstråd, vilken går till ett hus i närheten, där det finns en knapp att trycka på. Om ingen rör vid knappen, så sitter ni lika trygg som lordkanslern på sin ullsäck.

Trots dessa lugnande försäkringar sökte likväl mitt öga med hjälplös ängslan min vän Holmes. Han satt till det yttre oberörd, men av rörelsen i hans axlar märkte jag hur han skakades av ett invärtes skratt.

– Ni är alltid förutseende, professor – sade han artigt. – Jag vet att tråden finns där, och antar att ni har rätt också i fråga om knappen. Men hur vet ni att dynamiten finns?

– Jag har själv sett den läggas dit – upplyste den alltid lika välvillige professorn.

– I torsdags natt, klockan ett och trettiofem – bifogade Holmes. – Tom Whistley grävde ned paketet i källaren och dolde tråden i mrs Somriths, min hushållerskas träbråte. Men vet ni vem som tillverkat dynamiten?

– Verkligen inte. Ni gör mig nyfiken, sir.

– Tillverkaren är den som nu har äran samtala med er. Den dynamiten kan ni behandla med slägga eller kasta i en glödande masugn utan risk av explosion.

Min vän njöt en sekund av sin triumf, varpå han fortsatte i välvilligt förmanande ton:

– Ni skulle inte litat på Tom, sir. Det var dumt. Sedan fjorton dagar stod han i min sold.

– Tom! – utropade Moriarty. – Omöjligt!

– Ingenting är omöjligt, sir. För övrigt är saken inget trolleri. Jag visste att Tom hade en käresta i Battertsey, uppasserska i ett tredje klassens värdshus; det visste inte ni, och därför kunde jag ta honom ifrån er. Kvinnan och kärleken, sir, var trådarna i vilka jag ryckte, och så måste han sprattla. Kvinnor, sir, är upphovet till alla dumheter i världen; sky dem som pesten, utom när ni behöver dem som trådar att rycka i. Var nu inte ond på stackars Tom, det lönar sig inte. Han är redan långt utom er räckvidd.

För några sekunder hade professorn förlorat sin godmodigt förbindliga min, men endast för några sekunder. Han nickade bifallande och sade: – Utmärkt, mr Holmes, nästan snillrikt! Vore jag fransman skulle jag applådera. Men er artiga uppriktighet kräver ett gensvar. Se här, gentlemen, denna miniatyrdosa. Om jag trycker på den här lilla fjädern, sprider sig ögonblickligen i rummet en sötaktig arom. Akta er för den! Om ni inandas den bara två sekunder, är ni inom trettio lika stendöda som gamle kung Arthur i sin sarkofag. Det är ba-ha-tai-gift; ni, mr Holmes, känner till det.

– Hur går det er själv? – sporde min vän.

– Ingen fara för mig. När jag nyss gick uppför trappan tog jag ett halvt gram Oxygeton sulphuris melanopyrati, och det är, som ni känner, ett ofelbart motgift.

– Och jag har tagit det tre gånger idag, såsom jag gör alla dagar sedan jag fick veta att ni hade giftet i ert våld. Det är således endast stackars Watson som står risken. – Holmes skratt blev nästan hörbart, och han var tydligen vid rent av uppsluppet lynne. Nåväl, han kunde skratta, han, men jag hade sannerligen ingen anledning därtill. Även Moriarty syntes finna situationen lustig.

– Ni är en mästare, mr Holmes, min mästare till och med, jag erkänner det – sade han.

Min vän var långt ifrån okänslig för komplimanger från en sådan auktoritet; hans ansikte antog ett uttryck som inte ofta visade sig där: den blygsamma självtillfredsställelsens, och han bugade sig lätt.

Plötsligen slog professorn om i en annan ton: – Men, mr Holmes, vi liknar ju barnungar när vi sysselsätta oss med dylika lekverk. Vartill tjänar dessa löjliga försiktighetsmått? Ni kan inte lägga hand på mig; ett dylikt förhastat steg skulle omstörta alla era stora planer. Vi kan alltså sitta i ro och diskutera, och jag har verkligen kommit hit för att med er öppna en diskussion.

– Var så god.

– Ni är en klok man, sir, och jag är inte heller något dumhuvud, men ödet har fört oss in i motsatta läger och gjort oss till motståndare; till sist har det oss emellan kommit till en kamp på liv och död. Vem skall segra? Ingen vet det, vi vet endast att endera av oss två måste gå under, och att i varje fall världen gör en stor förlust, den mister en av sina högst begåvade andar. Är detta en ställning värdig två sunt tänkande män?

– Vart vill ni komma, sir?

– Låt oss sluta fred? Må våra banor skiljas! Jag skall lämna fältet här i England fritt åt er och söka mig en annan verksamhetskrets.

– I er förra bransch?

– Vem vet? Vi har inte profetians gåva numera, mr Holmes. Kanske, kanske inte... Detta ligger också utom området för våra förhandlingar. Frågan är helt enkelt den: Vill ni låta mig obehindrat lämna England, så lovar jag er att inte mer sätta min fot på dess mark och skall inte heller utöva någon verksamhet på denna sidan kanalen.

Holmes betänkte sig en minut, men inte längre.

– Nej, det vill jag inte, Moriarty. Jag vill det inte. Jag kan öva förbarmande med en usling som brutit lagen i en stund av passion eller nöd, men ni, ni är huvudet för den värsta tjuv- och mördarliga som besudlat Englands mark under tre århundraden; ni har djävulen i hjärtat, och därför skall jag inte sluta förrän jag ser er dingla i galgen...

– Eller själv ligger någonstans som ett lik – inföll professorn.

– Alldeles – genmälde min vän kallt. – Ni har fullkomligt fattat situationen.

Professorn reste sig och strök med rockärmen lätt över sin skinande felbhatt. – Ni förkastar mitt anbud. Nåväl, jag har gjort vad jag kunnat, ni får ansvara för följderna. Au revoir, mr Holmes, adjö, doktor!

Han gick lugnt och sorglöst mot dörren, min vän gjorde inget

"Au revoir, mr Holmes!"

försök att hindra honom. Han satt kvar i sin länstol försänkt i tankar. – Vilken man! – hörde jag honom mumla med ett beundrande tonfall. – Vilken skada att världen inte har rum för oss båda, honom och mig!

Knappa fem minuter senare stannade en vagn utanför vår port, och vi hörde fraset av siden utanför vår dörr. Denna gick upp, vågor av parfymbemängd doft slog emot oss, och en dam i den mest diskret-fashionabla toalett stod framför oss. Hon kunde vara vid pass fyrtio år och allt i hennes hållning, manér och språk angav den bildade damen, en verklig lady, med för sina år väl behållen ungdomlighet och behagfullhet.

– Mr Holmes, antar jag? – sade hon vändande sig till mig.

– *Jag* är mr Holmes – svarade min vän. – Denne är doktor Watson. Hela England känner oss, men ni är ursäktad, ty ni är en främling i London.

Damen såg undrande på min vän. – Hur i all världen vet ni detta? Hur känner ni mig?

– Jag känner er inte alls, men jag ser att ni är kommen till England för – låt oss säga två månader sedan. Jag finner hos er fyra kännetecken som inte kan bedra.

– O, mr Holmes! Det är då sant vad jag läst om er underbara skarpblick? Just för att anlita den, har jag tagit mig friheten uppsöka er.

– Beklagar, men min tid är upptagen av andra, större värv. Kan inte stå er till tjänst – sade min vän strävt. – Vänd er till Scotland Yard!

– Dit? Till idioterna där? Aldrig.

Min väns anlete ljusnade. – Min fru, ni äger en hos kvinnor sällsynt egenskap: ni har omdöme.

– O, mr Holmes, vad jag är smickrad då ni säger det. Jag antar att ni inte sätter kvinnan högt.

– Ingen stor man gör det. Kvinnan har ingen logik, ingen tankekraft, ingen hjärna. Hon är en fonograf som endast upprepar vad männen talat in i henne.

– Måhända gör ni kvinnan orätt, mr Holmes. Men för er är det ju naturligt att tänka så. För den som står på spetsen av S:t Paulskyrkans kupol, måste ju människorna som krälar på gatorna synas som pygméer.

Min vän log milt och vackert. – Inte illa sagt, min fru. Ni har uttalat en djup sanning.

– Mr Holmes, ni är mycket vänlig, alltför vänlig och god för att skicka bort en stackars underlägsen kvinna utan hjälp och tröst.

Till min överraskning gav min vän till svar: – Var god och sitt, min fru, och säg mig orsaken till ert besök. Jag skall se till om jag kan göra något för er. Men fatta er möjligast kort.

– O, vad ni är älskvärd, mr Holmes! – Damen satte sig, sköt tillbaka sin vita fjäderboa och begynte:

– Mitt namn är Whalters, Lydia Whalters, änka efter major John Whalters vid tredje bengaliska bergsartilleriet. Vid min älskade Johns död – hon förde sin battistnäsduk till ögonen och lät

"Betänk att jag bara är en kvinna!"

därvid ett helt moln av parfym sväva genom rummet – återvände jag till England, dit jag anlände för sju veckor sedan jämte min skyddsling Dar Mila.

– Vem? – avbröt Holmes. – Dar Mila? Man eller kvinna?

– En ung flicka om nitton år.

– En flicka! Lämna alla bisaker åsido.

– Dar Mila är ingen bisak. Hon är en prinsessa.

– Ah, en prinsessa! Det förändrar saken. Ni är mycket intressant, min fru. Var god och fortsätt.

– Hennes far var Dar Singh, naboben av Bandalore – kanske ni inte känner till Bandalore?

– Jag känner *allt*, min fru. Bandalore ligger i Indien.

– O mr Holmes, ni har rätt. Ni känner ju allt. Då vet ni att Bandalore är ett litet rike, bara på en sex-sju miljoner människor, men inte desto mindre är naboben en av Indiens rikaste furstar. Det är diamantgruvornas skull, förstår ni. Dar Singh var min mans vän – o, så många härliga dagar vi tillbringade i nabobens trädgårdsslott vid Rivaputra, ett fullkomligt sagoslott, mr Holmes! Jag ville därför inte säga något förklenande om Dar Singh, men jag känner att inför er kan man inte dölja något. Nåväl, Dar Singh var en indisk regent, det vill säga litet för mycket despot och litet för mycket nyckfull; han handskades en smula lättvindigt med sina undersåtars huvuden och ägodelar. Följden blev en revolution, vari Dar Singh miste krona och liv, och hans systerson, Sandar Singh, upphovet till rysligheten, intog tronen. Lyckligtvis räddades Dar Mila av en trogen tjänare och flydde till oss, till John och mig. Hon var då bara femton år, och hade måst fly som hon gick och stod. Ett litet knyte med kläder och en ask med diamanter till en eller två miljoners värde var det enda hon hann ta med sig.

Hon stannade hos oss till stackars Johns död – han var en sådan vän av plumpudding med brinnande sås, och plumpuddingen tog livet av honom. Jag återvände då till England, och Dar Mila följde mig.

I London väntade oss överraskande underrättelser från Bandalore. Dar Singh hade inte precis varit vad man kallar sitt folks fader, men med Sandar Singh hade man kommit ur askan i elden.

Också hade det uppretade folket förjagat Sandar och utropat Dar Mila till härskare. Så snart underhandlingarna med den brittiska regeringen hunnit avslutas skulle Dar Mila resa till Bandalore, och jag naturligtvis följa henne.

Ni tycker förstås, mr Holmes, att jag varit alldeles för långrandig, men betänk att jag bara är en kvinna! Ni skulle, förstås, framställt alltsamman i fem ord.

Min vän gjorde en bifallande nick. – Var god och fortsätt.

– Jag kommer nu till den sak, för vars skull jag sökt upp er. O mr Holmes! Allt är så besynnerligt och uppskakande hemlighetsfullt. Som ni vet – fast ni vet det ju *inte* – har Dar Mila sitt sovrum innanför mitt; det finns ingen annan ingång därtill än genom min sängkammare. En morgon ligger jag vaken och tänker på stackars John – det gör jag mest hela nätterna, sir – då jag hör Dar Mila utstöta ett skrik. Jag rusar in till henne, hon sitter upprätt i sängen och håller mellan sina fingrar en besynnerlig ädelsten. Hon hade vid uppvaknandet funnit den på sitt nattduksbord, men den hade inte funnits där när hon gick till vila, och ingen av husfolket hade satt sin fot i rummet under natten, som ni förstår, mr Holmes. Dock skulle snart hända något ännu rysligare. En morgon några dagar senare fann hon på samma plats en skarpslipad dolk, och i morse en liten träask med fem små kulor. O mr Holmes, ni som vet allt, säg vad detta betyder!

Kall och oberörd som vanligt hade min vän åhört damens berättelse, men den mörka skugga som lade sig över hans anletsdrag, visade att han fann saken allvarsam.

– Låt mig se föremålen – sade han kort.

– O, mr Holmes, kan ni tro att jag skulle föra med mig dylika rysliga saker? Dar Mila har dem liggande på en étagère[1] i sin salong.

– Hur vill ni då att jag skall kunna yttra mig? – sade min vän nästan uppbragt, men mildrade hastigt tonen. – Dock, ni är en kvinna. I vissa fall har ni omdöme, men är ändå alltid en kvinna.

– O, mr Holmes, jag är så ledsen att jag är så dum och tanklös, men som ni säger, jag är ju bara en kvinna. Ni lämnar mig väl inte

1 Liten, elegant hörnhylla.

i min hjälplöshet? – Mrs Whalters nästan grät av förödmjukelse och ångest.

Jag beundrar alltid min vän, men sällan har han synts mig så storslagen som i denna stund, då han svarade: – Min fru, vore jag fransman skulle jag svara: "Madame, jag beklagar oändligt, endast saker av omätlig vikt hindrar mig att tjäna er", men jag är engelsman och jag känner min plikt mot en furstlig person, även om dess skinn är brunt. Jag vet att blått blod är av annan materia än vanligt rött. Det skall vara mig en ära att ägna min tjänst åt hennes kungliga höghet Dar Mila. Min fru, er adress?

– Cupper Hill, Strutton Lane.

– Kan ni ta oss upp i er vagn?

– Med nöje. O, mr Holmes, vad ni är god!

Två minuter senare satt vi i vagnen, som rullade åstad till mrs Whalters bostad. Under färden nyttjade bemälda älskvärda dam tiden att ge oss några vinkar av vikt. – Mr Holmes, doktor Watson, ni får inte stöta er på stackars Milas små egenheter, lova mig det! Kom ihåg att hon vuxit upp i ett indiskt harem som en självhärskares dotter, van att befalla över hundratals tjänare. Ni får inte förvånas om hon har en fast vilja och inte vill veta av några hinder för sina önskningar. Men det finns hos henne något ännu besynnerligare. Kan ni tro det, att hon hyser avsky för alla män? Hon anser dem för inskränkta, lågsinnade, baksluga, egoistiska naturer, slavsjälar och lycksökare – hon dömer förstås efter de typer hon sett i Bandalore. När hon var i Simla hos mig och salig John, var hon naturligtvis omsvärmad av en hel massa beundrare, men hon var kall emot alla, kall som Himalayas snö. Kära barn, brukade jag säga till henne, kom ihåg att lord Chatters tillhör en av Englands förnämsta ätter, och att kapten Billonsbury är son till en markis! Ni skulle sett hennes min när hon svarade: "Vad rör mig" – ja, hon begagnade verkligen det uttrycket – "vad rör mig, om den man åt vilken jag skulle lämna mig själv och min krona är en trappsopare eller en furste? Jag skall aldrig gifta mig utom med den jag älskar, och denne skall vara en överlägsen ande, överlägsen i skarpsinne, överlägsen i mod; det är allt han behöver vara."

Dessa upplysningar minskade naturligtvis inte vårt intresse för prinsessan; en furstlig persons åsikter kan synas oss besynnerliga, men väcker alltid vår uppmärksamhet, oftast vårt gillande.

Vi anlände till Cupper Hill, en tämligen anspråkslös byggnad omgiven av en obetydlig park. Sedan mrs Whalters anmält vår ankomst infördes vi i hennes höghets salong.

Naturligtvis var den ordnad i ett slags orientalisk stil, fylld av brokiga förhängen, mattor och dynor; i övrigt var möbleringen synnerligen sparsam: ett par låga bord, en svällande divan, några taburetter, en del prydnadssaker på en étagère, däribland en vederstygglig Buddabild av simpelt lergods. Ehuru det ännu inte begynt skymma var fönstergardinerna tilldragna, och över rummet kastade en hänglampa ett dämpat, rosenfärgat sken; oljan var tydligen parfymerad och spred en stark, nästan dövande vällukt. Det hela var visserligen inte ägnat att inge en alltför hög tanke om vare sig prinsessans rikedom eller smak, men orientaliska ögon ser ju annorlunda än europeiska, och vi befann oss inte heller i Rivapuras sagoslott utan i ett på månad hyrt hus vid Strutton Lane.

För övrigt, vem bryr sig om huruvida infattningen är av guld eller av koppar, när ögat bländas av den blixtrande diamanten? Jag har någon gång skrivit i en av mina böcker: "Under min beröring med kvinnor av flera nationer i tre världsdelar, har jag aldrig sett någon mera förtjusande varelse." Orden gällde miss Morstan, sedermera mrs Watson. I sanningens intresse måste jag korrigera dem till hennes höghet Dar Milas fördel. Där hon vid vårt inträde låg utsträckt på divanen stödd på sin vänstra armbåge, framtedde hon bilden av den fullkomligaste österländska skönhet. Finlemmad, med idealisk harmoni i varje kroppslinje, i varje rörelse, med anletsdrag som en österns Venus, hy lik den mogna persiskans med en lätt teint av brunt, ögon, mandelformade, svarta som natten, drömmande, men med eld på djupet – ah, mr Stig, Titian, Rafael, Murillo har inte ens drömt sig något mera hänförande. Och hur väl hennes dräkt passade till denna exotiska skönhet: en gul sidenrock sammanhållen kring midjan av ett rött bälte mera uppenbarade än dolde hennes gestalts fullkomlighet, de ända till axeln bara armarna pryddes av gyllene armband, de likaledes bara fötterna – Cendrillon skulle bleknat av avund – var instuckna i silverbroderade tofflor. Ovillkorligen fördes mig i minnet det ovan citerade uttrycket ur min bok, och jag kände som en samvetssak att moderera det, helst vid hågkomsten av mrs Watsons spetsiga, numera en smula rodnade näsa, och numret på hennes skor: 9 ¾.

Mrs Whalters presenterade: – Mr Holmes, doktor Watson.

Prinsessan svarade endast med en lätt böjning på huvudet, men vilken fond av både behag och majestät i denna enkla rörelse!

Sin vana likmätigt hade Holmes öga endast för högheten, inte för skönheten, och tanke blott för sitt värv. – Ers höghet – sade han med en djup bugning, men på sitt affärsmässiga sätt – ha godheten visa mig föremålen, vilka så sällsamt kommit er tillhanda.

– Mrs Whalters skall göra det – svarade prinsessan med utländsk brytning men med en röst, ljuv som aftonvindens sus i cypresserna vid Tårarnas källa i Coimbra. Mrs Whalters fullgjorde uppdraget och min vän begynte sin undersökning av föremålen.

– Denna sten – sade han – är en chrysopras av inte synnerligen högt värde, vilket ytterligare förringas av den flerfärgade ringen i dess mitt. En del av infattningen är kvar; stenen har våldsamt brutits bort från sin plats.

– Ur min fars krona – upplyste Dar Mila.

– Ah, ur en kunglig krona! Berätta allt vad ni vet om denna sten! – I sin iver glömde min vän helt och hållet sin vördnad för det kungliga blodet. Dar Mila sände honom ett förvånat ögonkast, men sade:

– Stenen utgjorde spetsen av en lamidjiblomma, som prydde kronan; den var skattkammarens dyrbaraste juvel, värd tusen och åter tusen gånger sin vikt i guld och det just för den flerfärgade ringens skull. Denna ring gör stenen till en helig klenod, ”Indras öga”, en amulett som skyddar sin bärare från allt ont. Stenen bortstals tre nätter innan min far förlorade krona och liv.

– Watson – utropade min vän – här är stoff för er guldpenna. – Därefter upptog han nästa föremål till granskning.

– Orientalisk dolk, enkelt silverhandtag, klingan tveeggad, löpande ut i en skarp spets, troligen förgiftad; guldinläggning längs

Dar Mila, prinsessan av Bandalore.

klingan i form av en smal bladranka, å ena sidan avbruten av tre nyligen inristade cirklar. Vad vet ni om denna dolk, prinsessa?

– Ingenting.

– Ni har inte sett den förr, till exempel i Bandalore?

– Aldrig.

Holmes tog i handen det tredje föremålet.

– Rund liten ask av sandelträ – indiskt arbete; däri fem kulor liknande en apotekares piller, svarta, vardera med en nästan osynlig vit fläck; lukten egendomlig, kväljande, igenkännlig bland tusen andra. Kulorna är fröna av *Evonistas mortifera*, en buske från Dekans bergstrakter. Sitt namn mortifera, den dödsbringande, har den fått emedan varje varelse, som tio minuter inandas dess utdunstning, är hemfallen åt en säker död.

– O, mr Holmes, kasta ut de förfärliga kulorna genom fönstret! – skrek mrs Whalters förfärad.

– Ingen fara! – lugnade henne min vän. – Kulorna är fullkomligt oskadliga, endast den bladbärande busken kan döda. Fröna har endast betydelse som symbol. Känner ni denna betydelse, höghet?

– Alls inte.

– Välan, vi kommer framdeles därtill. Berätta hur ni fann dessa saker.

– Mrs Whalters har ju sagt er det. När jag vaknade om morgonen låg de på mitt nattduksbord, som om kvällen varit tomt.

– Och ingen hade beträtt ert rum under natten?

Om ögonkast kunde döda, hade min vän aldrig mer utövat sina underbara gåvor på vår syndiga jord. För blixten ur Dar Milas sköna öga bävade till och med Holmes tillbaka, han som inte bävat för mördares dolkar och revolvrar. Aldrig har jag sett honom så imponerad och förlägen. – Ber om ursäkt, menade alls ingenting – stammade han. – Med ers höghets tillstånd vill jag nu skrida till några undersökningar av lokalen – och liksom för att undkomma den vackra despotens missnöje skred han omedelbart till verket.

Jag behöver inte beskriva dessa undersökningar, jag har gjort det hundratals gånger i mina böcker, jag är led därvid. De är sig alltid lika: det är ett snokande och tittande med eller utan förstoringsglas, ett luktande och smakande på allt, ett klättrande i träd, på tak och över murar, samlande av damm och cigarraska, mätande av fotspår, knackande i väggar, visslande och funderande, snärjande frågor till husfolket, plötsliga anmärkningar med oförklarligt innehåll till en var som finns i närheten. Var bildad människa kan detta utantill; poliskonstaplarna i Paris och Trosa härmar det. Jag kan förbigå det.

Undersökningarna upptog mer än ett par timmar. För mig hade de gärna fått räcka ett århundrade, ty jag åtnjöt äran och nöjet att tillsammans med damerna inta förfriskningar i prinsessans salong under det angenämaste samtal om vädret, teatrarna, fotbollstävlingarna och sista gruvolyckan, ett verkligen bildat samtal. Som sig borde var hennes höghet något tystlåten och furstligt värdig, mrs Whalters däremot mycket underhållande och älskvärd.

Omsider förenade sig Sherlock Holmes med oss, men avböjde alla förfriskningar.

– Först resultaten av mitt arbete – sade han, satte sig och begynte sin redogörelse.

– Jag har knappt någonsin förehaft en dunklare sak; allt viker från vanliga regler. Ni, mrs Whalters, som läser doktorns böcker, vet helt säkert att brottslingar med förkärlek till plats för sina dåd väljer ställen där dammet ligger i högar eller marken är sank eller utgörs av mjuk trädgårdsmylla, alldeles som om de ville lämna sina fotspår som visitkort. Vanligen har de också någon egendomlighet varpå de känns igen: ett träben som lämnar runda märken var de går fram, en vildes fot, så olik civiliserade människors, ett avhugget finger som saknas i de blodiga handavtryck de lämnar efter sig på väggar och dörrar. Inte sällan sätter de sig efter utfört dåd i en länstol att röka sin cigarr, och askan den de lämnar efter sig utvisar deras längd, tjocklek, anletsdrag och ansiktsfärg, bildningsgrad, vanor och samhällsställning. Men här finns inte en aning av allt detta, här finns över huvud ingenting.

– O, mr Holmes, står vi då alltjämt lika hjälplösa? – utropade mrs Whalters.

Min vän log – det var Napoleons leende vid ”fursteparterren” i Erfurt.

– Andra skulle stå rådlösa, men jag gör det aldrig. För mig får inte finnas några gåtor. Jag har haft sex lösningar; en av dem är fullkomlig, den täcker alla omständigheter. Hör på! – Tjänarna står utom saken. Ett rött hårstrå i skafferifönstret – ditkommit igår kväll vid elvatiden – väckte ett ögonblick min misstro, men det betydde endast ett par skivor fårstek, en mugg öl och och ett dussin kyssar – kokerskan är en hängiven beundrarinna av traktens poliskonstapel. Ni har ett gott sätt med tjänare, mrs Wahlters. Ni byter om dem var fjortonde dag.

– Eller var åttonde – upplyste damen.

– Mycket klokt. I dylika saker har kvinnorna en fin instinkt. Ni får på det sättet alltid uppmärksamma, flitiga och ödmjuka tjänare – de är alltid sådana den första veckan. Jag upprepar än en gång: ni är en dam med omdöme.

– O, mr Holmes, ni gör mig nästan stolt!

Min vän fortsatte:

– Första frågan blir: hur har föremålen kommit in i hennes höghets sovrum? Jag har undersökt alla lokaliteter; ingen bräcka på tak, murar, väggar eller golv; en enda ingång, nämligen från det rum där mrs Whalters vakar natten igenom över sin älskade makes minne. Föremålen måste ha kommit in genom fönstret. Men hur? De yttre lokaliteterna visar oss det. Ett stuprör för regnvattnets avledande går från byggnadens tak till marken alldeles invid hennes höghets fönster, men den obekante som medfört diamanten, dolken och kulorna har inte kunnat begagna rörets *nedre* del, vilken är alldeles förrostad och inte skulle uppbära ens ett barn. Han har i stället på vattenledningsröret vid gaveln klättrat upp till gesimsen[1] över tredje våningen, på denna balanserat sig fram till stuprörets *övre* del, som är nyreparerad, och på detta nått ned till fönstret, vilket han ljudlöst öppnat – jag kan visa ett härför avsett instrument, en av nutidens vackraste elektrotekniska uppfinningar. Mina damer, ni undrar att ni inte vaknat vid hans inträde i rummet, men ni begagnar ju refreschörer för spridande av doftfin parfym? Nåväl, andra kan begagna samma medel att fylla ett rum med dövande ångor; ni vet om ingenting, ni somnar in och sover tre och en halv till tjugo timmar, omedvetna om allt.

1 Eller kornisch, listen mellan fasaden och yttertaket.

Vem var den inträngande främlingen? Ingen karl i hela England utom ”ormmänniskan” i Liptons cirkus samt en annan person, den jag inte vill nämna – jag hatar självupphöjelse, mina damer – äger nog mod, smidighet och sinnesnärvaro att balansera på gesimsen. Men en österlänning kan det, han är van vid dylikt. Den obekante var en österlänning, låt oss säga en hindu.

Kom han som vän eller fiende? Den senare skulle stött dolken i hennes höghets bröst, inte lagt den på hennes nattduksbord. Vi kan sålunda tryggt påstå: han kom som vän. I vad avsikt? Tydligen för att frambära ett budskap till hennes höghet. Men varför på detta hemlighetsfulla sätt med tecken, inte med klara, öppna ord? Det finns inte en skymt av tvivel om orsaken: genom omständigheter, dem vi inte kan utrannsaka, invigd i ett brottsligt anslag, var den obekante bunden till tystnad genom en av dessa förfärliga indiska eder, vilka ingen hindu vågar bryta. Men vågade han inte *tala*, då kunde han i stället handla. Omedvetet efterhärmade han madame Rebus, den kvinna som gett rebusgåtorna deras namn.

Vad var då innehållet i hans gåtor? Tydningen är så klar att ett barn kunde finna den. En ädelsten utbruten ur er fars krona lämnades er, prinsessa; därmed underrättades ni om ert insättande till arvtagarinna av tronen. Dolken, de hemlighetsfulla lönnmordens verktyg, betecknar att ert liv hotas av fanatiska fiender – märk att dolken var tveeggad! – ringarna å klingan anger att mördarna är tre, vapnets orientaliska stil att de är hinduer, sannolikt er kusin Sandar Singhs kreatur. De fem kulorna meddelar att femte dygnet härefter är utsatt till dådets fullbordan och detta i allra första morgongryningen – den lilla vita printen på de nattsvarta fröna utsäger stunden lika tydligt som ord skulle förmått. Se där, mina damer, sakens beskaffenhet framställd i sina huvuddrag. Jag har ytterligare 135 detaljer som har betydelse för mig, men med vilka jag inte vill besvära hennes höghet.

Min vän hade slutat sitt föredrag. Mrs Whalters satt en bild av mållös förfäran. Jag hade i min vän Holmes sällskap upplevt alltför många uppskakande och överraskande tilldragelser för att känna någon egentlig fruktan, varför jag med lugn kunde iaktta den verkan min väns ord utövade på Dar Mila. I förstone hade hon visat sig orientaliskt likgiltig, men efter hand väcktes hennes intresse, det blev allt varmare, och snart såg jag hennes barm hävas i allt snabbare vågor, ögonen fick en sällsam glöd och hölls oavlåtligt riktade på min vän, som om hon fruktat att förlora ett enda av hans ord.

Holmes hade tystnat, en liten paus uppstod: då timade något märkvärdigt. Holmes sade:

– Nu skulle en droppe vin och vatten passa mig. Doktor, vill ni servera?

Naturligtvis var jag villig och utsträckte handen efter vinkaraffen, men drog den tillbaka som stungen av en orm. Jag möttes av en blick ur Dar Milas öga, skarp och genomträngande som ett svärd. Utan ett ord, med en kejsarinnas värdighet och en Peris behag reste hon sig från divanen, gick fram till serveringsbordet och fyllde ett glas, varefter hon berörde dess kant med sina läppar och knäböjande räckte det åt Sherlock Holmes.

Alla satt vi förbryllade, häpna.

– Ers kungliga höghet! – var allt vad min vän förmådde stamma. Mrs Whalters glömde sin förfäran för sin häpnad: – Dar Mila! Vad gör ni? – utropade hon och slog ihop sina händer.

Dar Mila förblev i sin knäböjande ställning med glaset lyft upp mot min vän.

– Jag hyllar en *man*, jag böjer knä inför överlägsenheten – sade hon lugnt, och vändande sig till Holmes fortsatte hon: – Drick! Och den fläck på glaset, där en flickas rena läppar vilat, må därifrån Lakshmi – kärlekens och skönhetens gudinna, uppehållaren Vishnus evigt dyrkade Sakti – göra ditt hjärta lika rikt på värme som ditt huvud är rikt på visdom och din själ på mod. Då är du den *fullkomlige*.

Holmes hade upplevt många sällsamma tilldragelser i sitt skiftande liv, men aldrig något liknande denna. En prinsessa och därtill en av Jordens skönaste varelser böjde knä inför honom med ett uttryck i anletsdragen, sådant som Psyke måtte haft i den stund då hon först föll uti Amors armar, med en blick så strålande som om Sirius, Plejadernas, Södra korsets och himmelens alla konstellationer samlat sin glans däri.

”Kvinnans själ är vävd av solstrålar och etervågor...”

Glaset darrade i min väns hand så att en del av innehållet spilldes ut, hans färglösa kinder blossade, hans blickar överfor mrs Whalters och mig med nästan hjälplöst bedjande tvekan. Så fästes de åter på den tjusande varelsen vid hans fötter, och med ens höjde han glaset mot dagern för att se märket efter Dar Milas läppar, och tömde drycken. Stolt som en gudinna och med strålande panna reste sig prinsessan och återtog sin plats på divanen.

En lång och djup tystnad uppstod. Vad skulle vi säga? Alla var vi rov för sällsamma tankar och sinnesrörelser. Naturligtvis var det mrs Whalters som först återvann fattningen och tog ordet – hon var ju kvinna.

– O, mr Holmes! Ni har visat oss vilken ryslig fara vi löper. Vad skall vi ta oss till? Det finns blott ett enda råd: redan i kväll packar vi våra kappsäckar och reser till Paris, Neapel, Algier, vart som helst, endast vi kommer bort från detta förfärliga London.

Sålunda förd in på sitt eget gebit återfann Holmes med ens sin fattning och sin beslutsamhet.

– Nej, mrs Whalters, det skall ni inte. Hennes höghets fiender skulle följa henne i spåren med nya anslag, och jag skulle inte vara tillstädes att avvärja dem. Här skall inget hår krökas på hennes ädla huvud, jag svär det. Jag skall vaka över henne och hon skall vara lika skyddad som om ett garde av tio tusen man slöt sin bajonettspäckade mur omkring henne. I fyra dagar ännu löper hon för övrigt inte den ringaste fara – hennes obekanta vän har underrättat oss därom – och på den femte dagen, ja, då skall jag lägga hennes fiender, krossade i atomer, inför hennes fötter som en gärd av min djupa vördnad och hängivenhet.

Jag spärrade upp mina ögon. Holmes stod framför mig i en fullkomligt ny gestalt, en riddare, en hjälte med ett drag av poet och trubadur. Endast hans självmedvetna överlägsenhet var den gamla.

Mrs Whalters var likväl tveksam.

– Borde vi inte ändå resa?

Holmes behövde inte svara; en annan, Dar Mila gjorde det i hans ställe.

– Vi stannar. När han säger det, att han beskyddar oss, kan vi inte löpa någon fara.

Från hennes höghets uttalade beslut fanns inte något val. Mrs Whalters medgav att stanna. Kort därefter bröt vi upp. Med ett förtjusande leende räckte Dar Mila sin hand åt Holmes, ett ynnestbevis varom jag gick helt och hållet miste. Kvinnorna är ofta så besynnerliga; vem kan begripa dem? Jag har varit gift i två år; under de första tre månaderna trodde jag mig känna varje liten vrå av mrs Watsons sköna själ; efter ett år fann jag att hennes inre, hennes lynne, hennes tycken och egenskaper hade hela provinser om vilkas tillvaro jag aldrig drömt, och numera står hon inför mig mest som en karta över Afrika från 1830-talet, där endast kusternas yttersta rand är tecknad, allt annat är obekant land. Allt jag vet därom är, att där finns vulkaner.

Mrs Whalters följde oss utför trappan.

– O, mr Holmes! Vad jag är glad att jag känner era åsikter om kvinnan! Alla mina lemmar darrar när jag betänker att det kunde varit en annan än ni, till vilken Dar Mila talat som hon talade till er. Det var ju en fullständig kärleksförklaring. Jag tackar Gud att ert bröst är omgärdat med ett sjudubbelt pansar mot kvinnan och kärleken. Men stackars lilla Dar Mila! O, mr Holmes! Även jag har känt en hopplös kärleks kval – det var innan jag lärde känna min begråtne John. Stackars Dar Mila! Och hon som försmått en lord!

Under hela två dagar hörde jag inte av Sherlock Holmes. Tredje dagens förmiddag satt jag i mitt mottagningsrum avvaktande patienter, vilka tyvärr inte ville infinna sig. Vid tolvtiden inträdde emellertid en hjälpsökande, efter allt att döma en rik man, en vars botande kan skapa en läkares rykte. Han var överdrivet fet med rött, uppsvällt ansikte och gråsprängda polisonger.

– Doktor, hjälp mig! – stönade han hest. – Jag har så svårt att andas – astma, förstår ni.

– Jag förstår och beklagar – sade jag livligt deltagande. – Er kasus är tydligen svår, men vi skall nog få bukt på åkomman. Jag har haft en hel del astmapatienter och alltid lyckats göra dem bra.

Fullt enlig med verkligheten var knappt denna uppgift – jag hade framför mig mitt första fall av detta slag – men en läkares plikt är att uppmuntra sina patienter.

Jag gjorde de sedvanliga frågorna och ämnade skrida till den vanliga personliga undersökningen, då patienten överfölls av ett förfärligt kvävningsanfall, vilket nödgade mig att gå fram till medikamentskåpet efter medicin. När jag åter vände mig om satt på den sjukes plats – Sherlock Holmes.

– Hahaha! – skrattade han. – Jag drog er vid näsan nu igen, Watson, men se inte så förargad ut för det. Under närmaste tiden får ni nog se mig i många förklädnader, ty Moriartys hejdukar ligger mig i hälarna, och jag har inte lust att låta dem titta i mina kort.

– Hur står affären med professorn?

– Ypperligt. Han känner hur snaran dras allt hårdare om hans hals; jag märker det, ty han börjar tillgripa förtvivlade medel. Har ni läst morgontidningarna? Inte. Läs då här!

Han grep en tidning från mitt bord, utpekade ett ställe i nyhetsavdelningen, och jag läste.

"Osäkerheten i London är i tillväxt. Vi anför några exempel. En viss mrs Somrith, på väg att göra några hushållsinköp, träffades av en från en murareställning nedfallande tegelsten och skadades i axeln; i vestibulen till mr Blairs banklokal blev en person rånad; en fjortonårig gosse överfölls på öppen gata, drogs in i en gränd och misshandlades utan minsta anledning; lokalpostvagnen sammanstötte med ett bryggeriåkdon, varvid en postväska på oförklarligt sätt försvann. Man berättar även om andra våldsgärningar, om vilka vi dock saknar tillförlitliga uppgifter. Alla exemplen är hämtade från ett litet och vanligen lugnt område, Baker Street och dess närmaste omnejd, och dåden har alla utförts under de två sista dagarna. Att dylikt kan förekomma i hjärtat av London är en skam. Vad gör polisen?"

Så läste jag. Holmes skrattade.

– Vad gör polisen? Sover naturligtvis, det gör den alltid. Men vet ni vilka som var föremålen för attentaten? Tegelstenen föll på min värdinna, mannen i vestibulen var Ralf Creekson, min agent, fjortonåringen chefen för min gatbataljon, postvagnen utgick från den poststation där jag plägar inlämna mina försändelser. Alltsammans gällde mig, eller rättare mina Moriartypapper. Professorn begriper att jag fått anledning förflytta dem, sedan han utforskat deras förvaringsställe i mitt kassaskåp, och han låter undersöka – onödigt hårdhänt, tycker jag – en var som lämnar mitt hus och möjligen kan medföra papperen. Men jag leker med honom. Idag har jag besökt nio banker och deponerat förseglade paket. Moriarty kan anta att ett av paketen innehåller de papper han så gärna vill få i sitt våld, men lär få arbeta om han skall undersöka nio bankvalvs valutor.

Min väns kropp skakades av hans tysta skratt. Efter en liten tystnad fortsatte han:

– Nu begriper ni, doktor, varför jag kom hit förklädd. Jag ville skona er. Har Moriartys spioner sett mig gå in till er, så misstänkte de att jag möjligen lämnat er papperen. De har fina näsor och öppna ögon. I ert ställe, Watson, skulle jag därför i natt sova med blott ett enda öga och revolvern i hand. Kanske ni helst borde gå till sängs på ett hotell, ty professorn kunde få lust upprepa sitt dynamitexperiment här och med bättre framgång. Var på er vakt!

Jag har förut sagt att det inte är ett oblandat nöje att vara Sherlock Holmes vän, och utsikten att vakna med en kniv på strupen eller slungad hundra fot upp i luften ägde för mig inget tilltalande. Jag kunde inte underlåta att fråga:

– Men varför kom ni då hit, sir?

Holmes höjde förvånad ögonbrynen.

– Av vänskap, naturligtvis. Varför annars? Jag ville prata med er, min vän. En människa kan inte tillfredsställas av endast jäktande efter brottslingar, sysslande med testtuber och snokande i böcker. Hon är inte endast nerver och hjärna – dessa tillhör hennes lägre organism – hon har även en högre, andlig, ideell natur. Hon behöver få något även för denna, något som värmer hennes hjärta, något som fyller och lyfter hennes odödliga ande.

Jag satt slagen av häpnad. Var det Sherlock Holmes som så talade, Holmes, hjärnans panegyriker?

– Ni är materialist, Watson – fortfor han – men ni har orätt. Vi européer yvs över vår överlägsenhet över andra världsdelars folk – det är en chimär, en dumhet. Vi har utvecklat vår hjärna på våra andra förmögenheters bekostnad, vi har satt fantasi, entusiasm, romantik och livsglädje på svältkur; därför är de hos oss förkrympta dvärgar. Vi föraktar till exempel österlandet, medan detta i grunden står vida över oss; det äger vad vi saknar: inbillningskraft, mystik, blodets glöd, hängivenhet utan reservation. Jag älskar österlandet. Jag ville leva där bland susande palmer, i sällsamma tempels mystiska skugga, låta min ande försjunka i eteriska drömmar medan mitt öga berusas av bajadärers[1] underbara danser.

– Bajadärer? – inföll jag. – Ni som avskyr kvinnorna.

– Kvinnorna – ja, kvinnan – nej! Kvinnan, Watson, är skapelsens ädlaste produkt. Mannen är överlägsen i musklernas styrka – men oxen är det än mer – mannens uppfattning är skarpare i fråga om livets lägre sfärer. Men kvinnans kropp är en materialisering av världsalltets finaste ämnen, hennes själ är vävd av solstrålar och etervågor; därför är hennes område känslans, fantasins och aningens översinnliga rymder. Jag menar inte våra kvinnor, Europas kvinnor, de är endast karikatyrer, gottköpsvaror med stämpeln "billig und schlecht",[2] jag menar kvinnan sådan naturen danat henne, kvinnan oberörd av en falsk kulturs depraverande inflytelse såsom till exempel österlandets kvinna; hon är mästerstycket av skaparens hand.

Vad var detta? Vilka ord ur Sherlock Holmes mun! Jag var nästan tvivelsam om hans hjärnas tillstånd. För att leda samtalet in på konkretare ämnen, frågade jag:

– Har ni sett Dar Mila sedan sist?

– Jag har träffat hennes höghet – svarade Holmes kort. Hans förbehållsamhet retade mig att säga:

– Hon halvsover naturligtvis på sin divan?

Min vän kände udden och genmälde med skärpa:

– Hennes höghet är livligt intresserad av musik, särskilt den klassiska. Jag har måst spela för henne halva min repertoar av Mozart och Bach.

– Ah! Ni håller musikaliska seanser vid Cupper Hill! Ni har i hast blivit mycket intim i huset, Holmes. Kanske kan ni få följa hennes höghet till Bandalore såsom hennes på en gång polis- och kapellmästare.

---

1 Äldre ord för *devadasyas*, kvinnliga tempeldansare.

2 Ung. "billiga och vulgära".

– Om så vore, mr Watson, vad mer? Jag hoppas att kunna fylla dessa platser och, om så kommer ifråga, vida högre. Styrt av en överlägsen ande skulle Bandalore bli ett Eldorado, en föresyn för Europas all depraverade stater.

Varför uppväckte dessa min väns ord hos mig en så djup förtrytelse? Jag har aldrig förstått det, men så var verkligen förhållandet.

– Ni skulle gifta er med Dar Mila och bli den där överlägsna anden som gör Bandalore till ett världens under – hånade jag. Alltid får ni väl någon ledig stund att sitta under susande palmer i gamla avgudahus mystiska skugga och åse bajadärers dans.

Holmes blev inte ond, hans tunna läppar endast kröktes till ett smålöje.

– När jag blir nabob av Bandalore skall jag göra er till överfältläkare för min armé; ingen människa skall löpa någon fara därav, ty hinduerna anlitar aldrig en europeisk doktor.

– När kan jag vänta min utnämning? – sporde jag spetsigt.

– Låt oss få slut på Moriartyhistorien, så får vi se. Men adjö, doktor. Klockan är snart två och jag är inviterad till lunch hos hennes höghet. Kom ihåg att sova med blott ett öga i natt!

Holmes gick. Jag kan inte säga att mina betraktelser efter hans bortgång var av angenämaste art eller synnerligen blida mot honom. Han var ju en sådan oförskämt hänsynslös egoist. Utan minsta betänklighet utsatte han mig för inbrott, rån och mord. Han var en narr. Vad inbillade han sig om Dar Mila? Idiotism, omöjligheter! Jag har alltid haft rykte som en vacker och älskvärd karl, men Holmes... Bah!

Hur förtörnad jag var på min vän Holmes, beslöt jag likväl att ta hans varning i akt och vaka med vapen i hand. Följden blev den som ofta följer på fasta beslut. Med handen om revolvern somnade jag redan klockan elva och vaknade först när solen från en springa mellan gardinen och väggen stack mig i ögonen. Klockan var då åtta, och ingenting ovanligt hade hänt.

Åter förgick en hel dag utan att Holmes visade sig, men följande eftermiddag trädde han in.

Jag har sett honom i hundratals förklädnader, men aldrig hade han sett så "förklädd" ut som nu. Han var i stor toalett efter sista modet, till och med håret var friserat, endast hökfysionomin, de kantiga rörelserna och kemikaliefläckarna på fingrarna var kvar som minnen av den forne Sherlock Holmes. Jag för min del måste likväl ge den senare skönhetspriset. Någon tilldragande karl hade min vän aldrig varit, men nu – –!

– Jag är i festdräkt, doktor, och i feststämning – begynte han lika ogenerat som om vi nyss skilts med famntag och broderskyss. – Lyckönska mig, Watson, jag är den sällaste av dödliga! Och det av två skäl: jag har Moriarty fullständigt i nätet – i morgon dras det till – och i afton blir hennes höghet Dar Mila presumtiv arvinge till Bandalore och dess utkorade drottning, min trolovade.

Jag for upp, oförmögen att yttra ett ord. Var det en vanvettings inbillningsfoster eller var världen vriden ur sin bana? Skulle Dar Mila – –? Åh nej, mrs Watson har varit min läromästare.

– Käre vän – sade Holmes och satte sig – jag fattar er överraskning och anar era välönskningar, även om ni inte uttrycker dem i ord. Vad är över huvud ord? Den mänskliga oförmågans manifestation. Jag behärskar det engelska språket, Dickens och Macauley hade inte ett enda ord i sitt språkförråd det jag inte har, men kan jag i ord uttrycka min hängivenhet för Dar Mila och min stolthet att kunna säga: min Dar Mila? Vad är ord? Tomma ljud. Jag föraktar dem, jag behöver dem inte. Min själ diktar finare, mera eterisk och doftbemängd lyrik än Burns och Moore någonsin kunnat drömma om, men skriver jag ned den på papper? Nej, Watson, nej. Det gör jag inte. – Men fort, doktor, fort! Gör er toalett! Högtidsdräkt, er allra finaste! Ni är min vän, min Bourrienne, ni skall bli mitt vittne i den högtidliga stund då jag sätter min ring på Dar Milas konungsliga hand. Därefter skall ni, när nattens dunkel bryter in, se mig krossa hennes fiender till stoft, och när dagen åter gryr går jag till mitt stora värv, Moriartys tillintetgörande, Sherlock Holmes sista bragd, ty sedan, Watson, skall min stjärna lysa över andra världar, för att tala med sångaren.

Jag har ett lugnt lynne och naturligtvis var min väns lycka mig dyrbar, men jag erkänner att mina toalettbestyr inte avlöpte utan flera fataliteter; min ena skjortärm blev en fullkomlig ruin, manschettknapparna sprang sönder som glas, min mustaschformare var en enda trasa. Likväl blev jag färdig och vi for till Cupper Hill.

Jag skall inte skildra vår middag på fyra man hand. Jag säger endast att Dar Mila sjönk inte obetydligt i min aktning på grund av sin brist på smak och omdöme. Det var högst obehagligt att se hennes röda läppar beröra Holmes vaxgula pergamentskind i det ögonblick då han satte ringen på hennes finger. Under hela middagen hade hon öga och öra endast för honom. Och vilka konversationsämnen emellan de två! Min väns lyckliga detektivkupper – dem jag, i parentes sagt, skulle berättat mycket bättre – förträffligheten av vissa nyuppfunna hand- och fotbojor – uppfinnaren var naturligtvis Sherlock Holmes – narkotiska gifter och sömndrycker, professor Moriarty och de märkvärdiga papperen som skulle föra honom till galgen; se där förlovningsmiddagskonversationen. Holmes höll föredrag som en privatdocent, och Dar Mila lyssnade som om han ordat om paradisets under. Mrs Whalters och jag var hänvisade uteslutande till varandra, och jag medger gärna att hon var utmärkt älskvärd och tilldragande. Hon såg riktigt ung ut i sin festdräkt, och utan tvekan skulle jag föredragit henne framför den indiska skönheten om jag bland de två skulle valt en ny mrs Watson. Hon hade denna kvinnlighetens ljuva värme som aldrig förnekar sitt inflytande. Hennes hängivenhet för salig Johns minne var upphöjd och rörande, och den förståelse hon ägnade några meddelanden ur mitt äktenskapliga liv, ådagalade att hon ägde en hög intelligens och ett känsligt hjärta. Hon ägde min fulla sympati.

Inte ens middagens slut avbröt min väns föredrag; han endast övergick till ett slags åskådningsundervisning, uppradade på bordet i salongen en hel arsenal av inbrottstjuvars och detektivers verktyg, och jag iakttog med verklig vämjelse hur de båda förlovade under skratt och skämt fäste de blänkande bojorna kring varandras armar och händer. När omsider Holmes begynte demonstrera de för Moriarty så ödesdigra papperen, medan Dar Mila lutande sig mot hans axel och medelst små flickskrik gav sitt intresse och sin beundran tillkänna, då var det mig outhärdligt. Lyckligtvis hade mrs Whalters samma uppfattning som jag.

Uppror och massaker i Bandalore.

– Doktor, låt oss lämna ”det unga paret” i fred, deras förströelser äger inget intresse för oss – sade hon, och vi drog oss undan till nästgränsande rum, där vi snart var fördjupade i en allvarlig konversation om äktenskapet och en hustrus lydnads- och underdånighetsplikt gentemot sin make. Jag har sällan hört sundare åsikter i ämnet uttalas än av mrs Whalters vackra läppar, och jag kände det nästan som ett obehagligt avbrott när kaffet kom in, beledsagat av en orientalisk vattenpipa. Naturligtvis hade jag hellre rökt en cigarr, men mrs Whalters ansåg det bäst att jag fogade mig efter Dar Milas nyck – prinsessan hade själv bestämt alla anordningar och tillagat kaffet och pipan med högst egna händer för att ge oss ett begrepp om verklig orientalisk njutning. Med en outsägligt skälmsk och behaglig rörelse gläntade mrs Whalter på dörren till salongen och lät mig få en titt dit in. Där vilade Dar Mila på sin divan och nedanför på en tigerhud på golvet låg min vän Holmes utsträckt, sugande av alla krafter på en vattenpipa lik den som bjöds mig. Då mrs Whalters med egna läppar drog de första blossen ur pipan kunde jag inte utan oartighet göra vidare invändningar. Ett par minuter senare satt mrs Whalters i en länstol, uti högstämda ordalag, fyllda av verklig känsla, skildrande episoder ur sitt ideala samliv med sin oförglömliga John, medan jag som en turkisk pascha halvlåg på en soffa, insupande tunga moln av en otäck, parfymerad indisk tobak och lyssnande mindre till orden än till ljudet av min dams sympatiska stämma, tills detta omsider liksom svävade bort i ett allt avlägsnare fjärran för att slutligen försvinna, medan mitt medvetande omtöcknades och förintades i en drömlös sömns nattsvarta nirvana.

Jag vaknade vid det att jag hörde mitt namn nämnas. Jag slog upp ögonen. Var var jag? Jag såg ett halvdunkelt rum, men ingen människa fanns därinne. Rösten jag trott mig höra var alltså endast en inbillning. Mitt huvud var tungt som bly, mina leder som domnade, ögonlocken föll igen av sig själva, jag kände en okuvlig åtrå efter fortsatt sömn. Då hörde jag åter, nu fullt tydligt, en rosslig, främmande röst ropa mitt namn; ljudet kom från rummet bredvid. Med ansträngning av alla mina krafter lyckades jag resa mig och vacklade ditut. – Dra upp gardinen, öppna fönstren! – hörde jag rösten befalla; jag lydde fumligt och mekaniskt; ett strålande solljus fyllde rummet, jag andades lättare, mina ögon och min tanke blev klarare, och på tigerhuden invid den nu tomma divanen såg jag min vän Holmes, men fjättrad vid händer och fötter med just samma sinnrika bojor vilkas användning han så ivrigt demonstrerat för hennes höghet Dar Mila, sin trolovade.

Jag hade lärt tillräckligt av min väns konst för att kunna förlossa honom ur hans förnedrande läge. Han steg upp, ruskade på sig som en hund, såg sig granskande omkring i rummet, trevade i alla sina fickor, tittade på sitt ur och försjönk så i en stunds begrundan. Plötsligen skar en vissling ut mellan hans läppar, och med ens brast han ut: – Vi har sovit i arton timmar. I denna stund är de långt borta i Frankrike, djävulen vet var.

– Vilka? – sporde jag förvånad.

– Ni är en idiot, doktor. Dar Mila, mrs Whalters, Moriarty och fan och hans anhang. Watson, vi har blivit dragna vid näsan såsom ännu ingen mänsklig varelse blivit det.

– Är prinsessan borta? Och den sympatiska mrs Whalters? Vart har de tagit vägen?

– Fråga Moriarty, så får ni veta det. Doktor, vad har jag alltid sagt? Akta er för kvinnan! Hon är alltid Eva i paradiset med ormen bakom sig.

Att ingå på närmare förklaringar av saken vore en förolämpning mot er intelligens, mr Stig. Naturligtvis var det hela en anläggning av Moriarty för att åtkomma de där papperen. Med dem på fickan hade han, som vi sedan fick veta, samma afton passerat Dover på väg till Calais åtföljd av två damer.

En vecka efter vårt äventyr vid Cupper Hill trädde min vän Holmes inom min dörr. Han var magrare och mera gulblek än vanligt, och jag hade aldrig förr iakttagit ett sådant uttryck av grämelse i hans ansikte. Med det enda ordet ”läs!” kastade han på mitt bord ett brev. Jag tog det, observerade att det avstämplats på ett schweiziskt järnvägståg och läste:

”O, mr Holmes! Hur väl jag fattar era känslor, då ni vaknade och fann oss borta. Det var för Dar Milas skull. Hon älskade er så ömt och skattade er så högt, men en fästman som somnar på sin förlovningsmiddag – medge att detta är att sätta kärleken på alltför starkt prov! Dessutom kallade oss vissa tvingande angelägenheter från London och professor Moriarty var nog älskvärd att skänka oss sitt sällskap och sitt beskydd. Han står för övrigt nu bredvid mig och sänder er sin vänskapliga hälsning.

Er vackra förlovningsring behåller Dar Mila som ett minne av er och en av sitt livs gladaste stunder; tyvärr hade hon ingen liknande gengåva, varför hon som uttryck för sina känslor begagnade vad som var till hands: de nätta armband vilkas värde ni nyss förut så högt prisat. Som 'Indras öga' och dolken var av ringa värde – Dar Mila hade köpt den i Tostys basar vid Liston Road – har vi tagit dem med oss; de förfärliga fröna av evonistasbusken torde ni godhetsfullt behålla.

Jag hoppas livligt att Sandar Singhs mördarliga inte oroat er lugna sömn, helst som den endast hade sin existens i Dar Milas orientaliska fantasi liksom hela Bandalore, sagoslottet vid Rivaputra, diamantgruvorna, Dar Singh och Sandar Singh inbegripna. Till och med min oförglömlige, så ömt saknade John har visat sig vara en vacker men tyvärr formlös drömbild, vilken i verkligheten har tagit skepnaden av mr Bob Shirney, f.d. associerad i kolonialhandelsfirman Brookman, Shirney et Ci, vilkens fallisement[1] här om året väckte en verklig uppmärksamhet.

Brytningen av hennes förlovning har övat ett ödesdigert inflytande på lilla söta Dar Mila. Som livet inte mer för henne har något behag, så har hon avsagt sig Bandalores kungliga tron och avstått från sin värdighet som prinsessa. Mr Moriarty hoppas likväl att hon återfår sin själs jämnvikt när hon inom kort återgår till varietén, en bransch vari hon sedan flera år vunnit verkliga lagrar. O, mr Holmes! Om ni någon gång läser i tidningarna om de triumfer som skördas av Sara Bricks, 'denundersköna judinnan', eller av miss Edith Sommermore, 'varieténs fixstjärna', eller av Coralie de Brissandier, 'den återuppståndne Judique' – kärt barn har många

1 Konkurs.

namn – så tänk med vänlighet på lilla Dar Mila, som en gång var er Dar Mila.

Framför till doktor Watson försäkringarna om min fortfarande djupa sympati. De glimtar av livet inom hans hems och hans hjärtas fridlysta helgedomar vilka han lät mig se, skall jag alltid gömma som dyrbara hågkomster i mitt hjärta vid sidan av salig Johns minnen.

Ett inre tvång driver mig att skriva detta brev. Jag måste uttrycka min beundran för en man vars överlägsna själs och kroppsegenskaper var nära att lyfta honom på Bandalores tron vid den skönaste drottnings sida. Min hyllning är för er av ringa värde, det vet jag. Jag tillhör olyckligtvis det kön som inte äger någon logik, någon tankekraft, någon hjärna, men jag när likväl ett ödmjukt hopp att när ni från er plats på spetsen av S:t Paulskyrkans dôme ser ned på de i stoftet krälande pygméerna, ni med välvilja ihågkommer

er hängivna beundrarinna

Dorothy Shirney

en tid kallad Lydia Whalters."

Jag lade ifrån mig brevet. Det blev en lång tystnad. Omsider kunde jag inte avhålla mig från att säga: – Den orientaliska kvinnan är mästerstycket av skaparens hand; hennes själ är vävd av solstrålar och etervågor. Var det inte så, Holmes?

– Ah, ni citerar, Watson.

– Den europeiska kvinnan åter är blott en karikatyr.

– Som mrs Whalters och mrs Watson... ja.

– Jag får väl säga farväl åt tjänsten som överfältläkare i Bandalores armé.

– Säkerligen. Men ni har ersättning i er stora praktik här i London, särskilt bland astmapatienter.

– Det ser ut som om era ögon, Holmes, inte alltför snart skulle få tjusas av bajadärernas underbara danser.

Jag skulle inte ha uttalat orden om jag anat deras djupa intryck på min vän. Han svarade inte; blek, nedböjd, drömmande, fjärrskådande satt han där, en bild av en slagen härförare, en Napoleon efter Waterloo. Så blickade han plötsligt upp, anletsdragen fick färg, ögonen eld och med sin gamla energi uttalade han de profetiskt dunkla orden: – Jag har förlorat mitt slag, men jag har vunnit mer än det: jag har på min väg mött *kvinnan!*"

Jag satt stum av förvåning. Vad menade min vän Holmes? Han är alltid stor, men alltid dunkel.

* * *

Doktorn hade slutat sin berättelse, och jag har fått se Sherlock Holmes i ny belysning; jag lovade mig att även världen skulle få se honom så. Det är en bjudande plikt att upprätta en misskänd storhets minne.

www.ingramcontent.com/pod-product-compliance
Lightning Source LLC
Chambersburg PA
CBHW020325030826
48979CB00020B/51

* 9 7 8 9 1 8 7 6 1 9 2 7 4 *